U0572524

奎文萃珍

百咏圖譜
咏物新詞圖譜

［明］顧正誼 繪

文物出版社

圖書在版編目（CIP）數據

百咏圖譜咏物新詞圖譜 / (明) 顧正誼繪. -- 北京 : 文物出版社, 2019.8
(奎文萃珍 / 鄧占平主編)
ISBN 978-7-5010-6143-3

Ⅰ. ①百… Ⅱ. ①顧… Ⅲ. ①詞(文學) – 作品集 – 中國 – 明代②版畫 – 作品集 – 中國 – 明代 Ⅳ. ①I222.848②J227

中國版本圖書館CIP數據核字(2019)第101940號

奎文萃珍
百咏圖譜　咏物新詞圖譜　〔明〕顧正誼　繪

主　　編：鄧占平
策　　劃：尚論聰　楊麗麗
責任編輯：李縉雲　李子裔
責任印製：梁秋卉

出版發行：文物出版社
社　　址：北京市東直門内北小街2號樓
郵　　編：100007
網　　址：http://www.wenwu.com
郵　　箱：web@wenwu.com
經　　銷：新華書店
印　　刷：藝堂印刷（天津）有限公司
開　　本：710mm × 1000mm　1/16
印　　張：16.75
版　　次：2019年8月第1版
印　　次：2019年8月第1次印刷
書　　號：ISBN 978-7-5010-6143-3
定　　價：90.00圓

序言

《百咏圖譜》二卷，明顧正誼繪。明萬曆二十四年（一五九六）蘇州刻本。行字不等，白口，四周雙邊。

顧正誼，生卒年不詳，主要活動在明萬曆前後，字仲方，號亭林，華亭人，以國子生仕任中書舍人，精繪事，畫宗黄公望。

本書前有陳繼儒、萬曆二十四年馮大受序，末有萬曆二十四年顧正誼序。全書分爲上下兩卷，上卷收詩五十六首，下卷收詩四十四首，共計一百首，皆爲顧正誼所撰。所收詩配有版畫，往往一詩一畫，兼有二至四首詩配以一畫。詩作内容以咏人、咏物、咏事爲主，咏人有《舞妓》《半老佳人》等，咏物有《海棠》《杏花》等，咏事有《美人垂釣》《愛妾换馬》等。

陳繼儒在序中對此書撰寫緣由叙述甚詳：『先生以乙未奉簡書餉邊，出入諸將軍戰壘及胡沙宿莽中』，歸時乘船順河南下，『途次寂寞，因於叩舷之暇，賦詩以消客況，不一月而得百篇』。馮大受評價此書説：『真是詩中畫、畫中詩，兼右丞之二有，擅虎頭之三絶，雖書法少遜吴興南宫，而詞藻遠過一峰山樵矣。』

此書詩作手寫上板，版畫繪製精細，獨具藝術價值，爲明萬曆版畫之白眉。萬曆四十年

（一六一二）黄冕仲在刊刻《詩餘畫譜》時稱贊《百咏圖譜》道：『其雕鏤刻畫窮工極巧，精細莫可名狀，把玩足當卧游。』著名版畫研究專家鄭振鐸先生對此書也是赞賞有加。他在《中國古代木刻畫史略》中談及蘇州木刻插圖時指出，『但出現於萬曆二十四年的《顧仲方百咏圖譜》却一洗過去的簡陋，而爲蘇州版的木刻畫開啓了光明燦爛的先路，奠定了它的進一步發展的基礎』，又説，『（書中版畫）因是出於畫家的手筆，故幅幅畫的布局都很出色當行。雖刊刻之工稍形簡率，但氣勢是高明的。蘇州版的木刻畫當即以此《百咏圖譜》爲良好的開端了。』

本書後合刻有顧正誼的《咏物新詞圖譜》（又名《筆花樓新聲》）一卷。書前有明萬曆十八年（一五九〇）王穉登序、楊繼禮題詞、陳繼儒序。《咏物新詞圖譜》的體例與《百咏圖譜》相仿，不過此爲詞配圖，不是詩配圖；是一物一幅圖，不是一詞一圖。一物下有數首詞作。所咏之物包括：江南春、咏桃花、咏芙蓉、咏竹、咏歌、咏舞、四景閨情（兩套）。此書也是明代版畫的佳作。

謝冬榮

二〇一九年六月

頤伸方百詠圖譜序

嘗心論詩家以詠物爲難非胷富五車不能驅使非超識三昧不能翦裁非巧手經輸射颺非肖形反憖畫虎此其解在有意無意

之際若離若合之間求之藝林得仲方顧先生焉先生吾鄉之禮稟名家也生平嗜文史癖京居其綺歲聲已藉藉晚謚名噪龎下所著有蘭玉稿筆苔樓新

贊公卿士大夫得其片言
兼不以爲青鳳毛白狐腋
也先生以乙未奉
簡書飭邊出入諸將軍戰壘
及胡沙宿莽中黃雲凍月
落落馬上爲一聽蘆葉酸

葡萄而歸〻買舴艋順河
流南下途次寂莫因於叩
舷之暇賦詩以消客況不
一月而得百篇黃頭奴驚
問蓬底五色雲起則先生
詠物諸什杜也先生常臥

示余〻讀之綺不傷質艷
不傷骨巧不傷氣奇不傷
格可謂斲輪之妙技拔俗
之兼才乎蓋君家頎民代
有異人所先生猶能總領
大雅冠冕東南其結撰名

園饒綺閣古木及煙雲之
勝則辟疆遜所居筆酣勁
肅兼古人則虎頭遜其四
方名賢坐君爲下榻投轄
日相與焚香點茶摩挲鼎
彝金石以爲快則阿瑛遜

使令天下雅徵寥寥矣作
者杜豈非一代之魯靈光
哉坐貽詠物之作此特得
先生剩餘而海內士大夫
處而讀其詘君至繪圖以
傳則信乎先生之品愛予

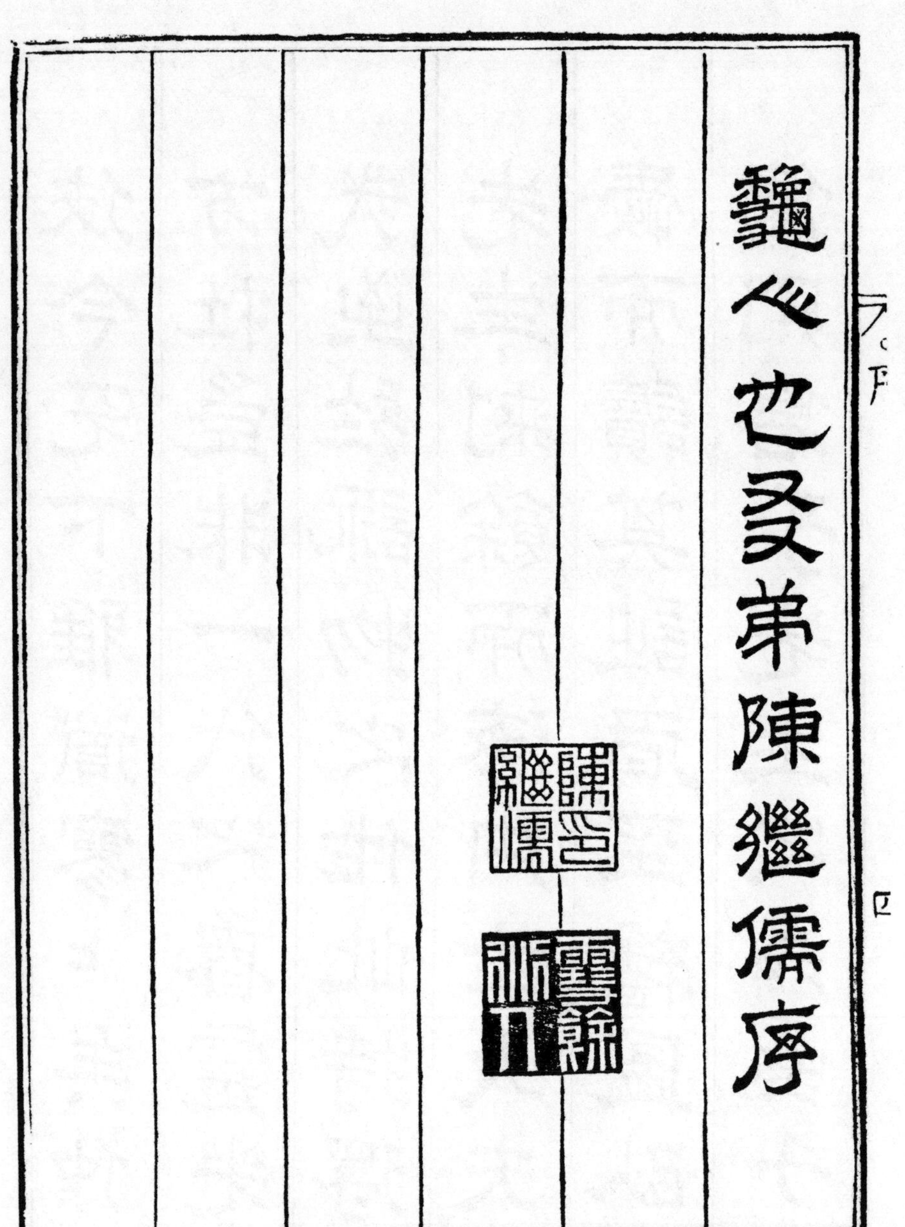
鼇心也友弟陳繼儒序

頤秘書仲方先生詠物百詠圖譜序

詠物詩古人作者甚少以謂不關情性無裨風謠肴類刻畫或傷體裁竊謂不然詠物寔難〻于得體用

事太實則餖飣而無文命意淺虛則淩駕而不類要在若遠若近之界有意無意之間是非學問貫綜才情贍惡必有一偏未易兼美顧偶作何妨而標云宜

埜豈英雄欺人善發其短
與予堂間与幼公仲醇輩
為明月之社作詠物詠
必限韻隆隆之草錄已成
帙輒自矜許壓倒元白及
觀先生詩恍然自失格追

梁宋而音律遒唐非先生
学門才情變異吾輩安能
筆而寫之若是先生為亭
年家執友折節與交暇日
持詩一帙画一卷過予舟
素園中相與松石間真意

詩中畫〻中詩畫君丞之
二有擅席頭之三絶雖書
法步趨吳興南宮而詞藻
遠過一峰山樵矣蓋先生
生長京華出入清秘雖長
卿之為郎寔效畧倩之避

丘壑之烟霞咸涵象石為盟怡然曠默恬於世務不問阿堵速營菟裘殫竭人工之巧遂成天然之趣瀼西之勝不減輞川家歲奉使飭向邊事後輙趣歸時引

予輩為裴迪禪誦詩篇更相永日謂再游金馬門便謝病歸矣尔时更期著述藏副名山茲編繪圖詩意特其游戲之一端耳敢序諸首以示同社

萬曆丙申上元日年家後

進馮大受咸甫撰

顧仲方百咏圖譜目録

上卷

美人月下弾琴	舞腰
朱唇	翠眉
纖手	金蓮
玉耳	桃腮
秋波	雲髻
玉腕	杏花
杜鵑花	薔薇
白鷄冠	茉莉
紫薇	雙桃

枇杷　　荔枝

水晶枇

美人垂釣

攜伴柳陰過投竿倚淺莎沉
容魚避影流盼水增波玉餌
含香細金鉤引緒多宛憐淇
水上衛女怨如何

羡人納涼

徙倚小庭空殘粧落照中荷
舒冰簟夜終引繡簾風玉露
涼侵袂銀蟾影掛弓明河望
不遠魚信杳難通

美人贈扇

撫景惜炎涼含情此贈郎永
團同滿月長潔比清霜雲遏
朱唇撦風生素手揚殷勤懷
袖意勿向篋中藏

美人臨鏡

拂照影氤氳清輝媚緑雲光中見佛毋
波面識湘君彩鳳儀金穴仙鳧護水紋
顧郎時並倚無似樂昌分

其二

初日罷粧臺盈盈寶鑑開花枝霧裡見
鸞影月中來長駐朱顔好還嗟緑鬢催
恐淹眉黛色勿使翳塵埃

燈下美人

孤燭掩蘭房熒〻艷晚粧卻
忌形是妾番誤影爲郎如剪
花生暈獻釵玉看光漏長憐
焰短偏照合歡床

採桑

誰家年少婦陌上採桑來拂
髻釵頻溜攜筐袖半開條
扳易得密葉擁難裁莫以黃
金戲貞心爾謾猜

鬭草

遲景屬芳辰韶光上苑春攜
来花似〻隊踏去草如茵采〻
含情遠盈〻摶胼頻相猜更
相較捐舊忽移新

百家圖譜 [illegible]

秋砧

荏苒秋云暮西風憶擣衣清
砧清露冷素練擣霜微韻遂
吟蛩急聲催落葉稀空音君
聽否寒月正依〻

夜織

永夜不成寐當窗理素絲漏
沉沙雁斷燈影砌虫窺露重
調梭冷風淒續縷遲夫東空
杼軸幽恨幾人知

美人換劍

脫劍意雖酬明珠掌莫留千
金揮越艷三尺重吳鈎運啓
春雷吼幃空暮雨收平生負
任俠不是慕封侯

愛妾換馬

移寵偏憐駿，雄心自不同。還將面媚妾，來博五花驄。鳳去緱山杳，龍歸渥水空。橫行萬里外，展戰立奇功。

鳳鞋行酒

忽地金蓮湯盈〻浮白來一

鉤妍可掬雙鳳巧誰裁掌上

香塵淨尊前玉瓣開不須觴

禊日隨變好流杯

妓女入道

一洗市門妝翻然禮法王烟
霞超色界雲雨撒高唐說偈
歌喉歇參禪舞態藏欲逃生
滅境回首是西方

傷春

花落重门掩幽閨屬恨時狂

心亂飛絮離緒綰遊絲信斷

魚書杳蒐牽蝶夢遲萋〻芳

草色何地不相思

歌

子夜發新聲纖喉轉曙鶯緩
隨飛雪度嬌送落花輕嫋嫋
梁間繞悠悠扇底生周郎知
不誤一顧似含情

採蓮

蕩漾越溪東
香生菡萏中
葉裁裙上綠
花妒臉邊紅
激浪驚晴雨
歸潮信晚風
自憐枯並蒂
此意倩誰通

走索

翠裊臨風峙身飛一線長空
中出窈窕雲外任翱翔高蹴
金蓮穩促垂綉帶揚夜來渾
錯認月姊下霓裳

並蒂黃荷花

分得西池瑞亭〻並蒂開尹邢妃子立妹妹趙家來共浴金莖露雙浮桂醴杯赭裳無豔態阿母拂相猜

雨中望桃花

何彼陽林塘芳菲入渺茫澤
粧含宿粉膏欲洗新粧色褪
韋情遠香消恙恨長行雲復
引雨彷彿在高唐

種竹

未成寒碧徑便覺遠塵埃漸
拂疏簷影還濃曲澗苔斑留
二妃泪詩待七賢才何日堪
棲鳳翩〻月下来

飛絮

春盡隋堤畔楊花漫遠空試看輕薄態
渾入杳冥中急雪飛晴日分香逐曉風
可憐拋落易蹤跡任西東

其二

宮柳也三眠風花逐曉煙梁園爭賦雪
漢苑亂飛綿攪夢侵羅幌將春入綺筵
天涯嗟蕩子飄泊自年〻

河畔柳

河畔依々柳年々却送春未
藏鶯與友早綻眼窺人風裊
青絲勒烟飛油路掄往來誰
是舊一見一迴新

燈下菊

燒燭照秋芳紛紜映草堂香
從籬裏度色向影中藏逼焰
叢生彩含輝瓣吐光只宜淹
湛露不是畏嚴霜

永圖譜 ○上卷

十五

臘梅花

逋客喜相尋先春發庾林飄
風無片玉壓雪有微金蜜吐
香逾遠腊含色更深不堪調
鼎用聊可助清吟

百詠圖譜 上卷
十五

走馬妓

天馬邯鄲妓飛騰大道東花翻高下
態身躍有無中臉奪胭脂赤裙分汗
血紅騑ゝ憐躡影嫋ゝ若行空落雁
驚奔電游龍欲御風鬠垂馳尚疾腰
怯技還工玉勒青樓遠金鞭紫陌遥
四蹄塵散変駕霧入微濛

燈下紅白梔花

玉洞遺仙種春輝艷晚筵丹霞明繡
瓦白雪照青編作喜瑶華發俄鸞火
樹懸影中窺色相焰外吐芳妍粉傳
姿逾素腊匀態更鮮翩翩鬚舞蝶冉
冉似啼鵑未结千年實先含午夜烟
瓊枝方倚玉相對各嫣然

鞦韆

芳菲庭院艷陽天女伴歡呼鬥少年架出粉墻垂柳外戲翻紅袖落花邊風裏舞蝶香来近雲擁游龍態摶妍宮鬓半欹人似醉不知遺却寶珠鈿

舞妓

金尊銀燭敞華堂歌罷偏憐舞媚
娘鸜鵒含姿頻應節柘枝轉盼忽
生香迴腰掌上金蓮窄垂手花前
翠袖長不羨公孫通劍術翩翩俠
態自飛揚

半老佳人

鬟雲蕭瑟黛初殘曉對菱花怯細看色褪小桃紅自惜嬌羞弱柳翠空攢閑歌白苧鶯聲改獨臥青樓蝶夢寒試向尊前論舊事幾回含淚掩羅紈

句永圖譜
廿

悔教夫壻覓封侯

玉勒西馳寶鏡閑幾回飛夢繞關

山酬君萬里風雲志誤妾三春桃

李顏片語謗追人已隔寸心相憶

泪空潸他年絕塞功成日莫學班

生白首還

新柳

搖曳風前墜短絲淡黃初著半勻時烟開弱縷眉初
画堤拂輕陰眼乍窺舞想腰肢嬌未足色侵羅幌嫩
偏宜不堪扳折應須惜莫遣津亭綰别離

其二

乍學纖腰態未成春風吹緑待新鶯青窺蟬葉烟凝
織翠約波紋水欲平輕拂金韉知綰别促籠彩鷁似
牽情那堪少婦閨中見忍聽關山笛裡聲

海棠

百卉名園鬬彩瓊枝撒影重重半醒半酣睡態乍含乍吐嬌容檻外臨風獨媚燈前滉露倚濃閨閣美人堪惜莫教蝶戲芳叢

美人月下彈琴

纖手還調素琴一弦一撥春心
捲幔銀蟾皎皎隔窗玉漏沉沉
香靄光中鳳操水雲深處龍吟
總看文君雅調東墻笑個知音

舞腰

楚腰嫋娜不勝衣
学舞花前月影微
束素可憐輕欲舉
淩風渾似彩鸞飛

朱唇

乍滴胭脂沁齒紅
絨黏不語意無窮
新聲忽破櫻桃顆
蘭氣偏生扇底風

翠眉

淡淡眉峰柳葉顰
翠痕空鎖不勝春
一從把袂辭京兆
懶画遠蛾別向人

纖手

紅袖輕籠玉笋纖
却拋金線弄花鈿
夜來賦得相思句
無限春心拂錦箋

金蓮

獨向蒼苔數〻行香塵不動底痕輕
家憐移步生花處只恐邯鄲學未成

玉耳

聽盡更籌夢不成幾回搔首黯愁生
可禁窗外芭蕉上不作風聲作雨聲

桃腮

不分夭桃似臉紅和儂顏色鬭春風

無情吹落胭脂片點點嬌娥咲靨中

秋波

轉盼寧知不自由背人欲語更含羞

曲欄凭遍孤鴻斷一片瀟湘萬頃秋

雲髻

記剪青絲結意勤白頭應是誤文君

曉來羞對菱花綰一任珊瑚枕綠雲

玉腕

膩粉香生玉藕枝幾回斜托為相思

等閑鬆卻黃金釧雙袖郎當舞罷時

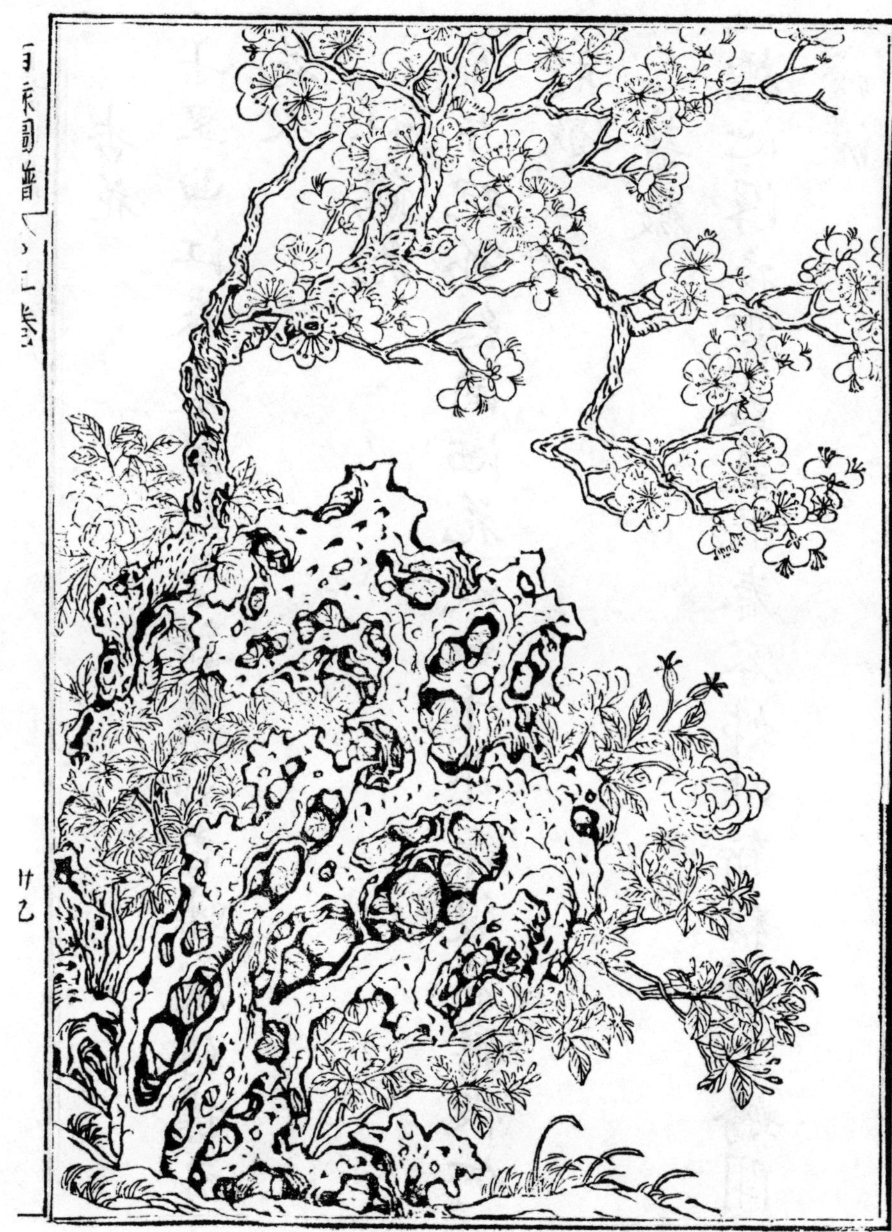

杏花

十里曲江春東風燕子新馬蹄香踏處殘撲看花人

杜鵑花

帝子抱孤怨涓洒花成血千年春復春舊恨何時歇

薔薇

檀心浮夜靄露氣浥春容姊妹新粧罷含嬌鬪淺濃

紫薇

薇垣托孤植寂〻伴仙郎不逐春華爛朱明獨
自芳

茉莉

盈〻冰雪姿晚庭叢幽香試插玉搔頭餘芬襲
衣裳

白雞冠

獨倚寒堦靜孤棲秋夜涼起看明月下疑染曉
来霜

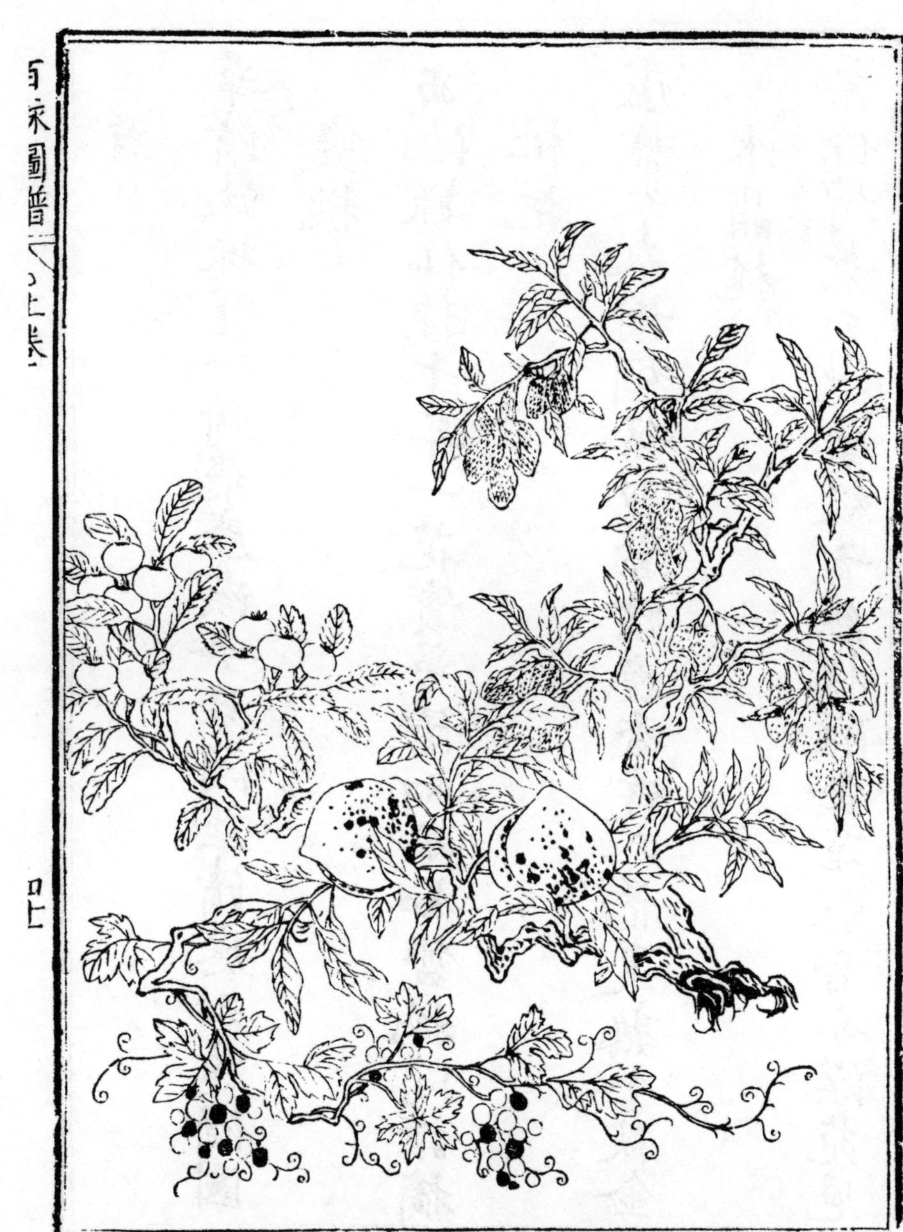

荔枝

華清沐殊寵一騎飛塵疾今日閩莛清應知遠傾國

雙桃

西池毓仙種千年一花實曼倩知不知雙桃問誰摘

枇杷

盧橘本秦樹稠葉布繁陰晚香發冬花夏熟含秋金

水晶桃

絫條搏紫玉嫩葉絞青絲摘釀金莖露香分漢苑卮

顧仲方百詠圖譜目録

下卷

登塔　橋
燭花　紙帳梅花
夢　風箏
雪獅　鸚鵡
螢　蟬
鱸魚　病馬
悼鸚鵡　鶴
烏　燕
雁　上林春曉

一

日華

羲馭馳黃道中天散麗暉陽
烏翎作矯若木露旋睎瑞靄
凝璇宇祥光上袞衣忽看成
五色葵藿亞依依

二

露珠

玉宇秋雲淨金莖夜氣寒卻
憐瀼露色渾作寶珠看花滉
艷含霰前擎欲走盤揭素聞
寉警蔓艸暗成漙

三

新月

片片晴霞捲，纖纖一曲存。清輝方吐色，碧落自留痕。窟隱輪潛兔，鉤懸欲待鯤。漢宮多巧黛，學畫望新恩。

風来絃自韻

颯々起蘋末綠桐忽自鳴去来音綿續披拂韻淒清洛浦鳴璫出湘江解珮行恍疑天外奏不向指端生

残月如新月

同是蛾眉巧翻看倍可憐匣
分前夕鏡弓反上旬弦影剩
初生魄光凝微曙天一痕君
莫訝三五夜還圓

隔簾看雪

翔雪正霏〻湘紋黯曙暉忽

沾輕柳絮恍映訝珠璣倚隙

斜還入接楞礙復飛冰綃无

可織縷〻逗襄机

聽僧彈琴

齋嚴素琴横潮音指下生聞
翻貝葉下弄似雨花輕流水
飯空寂高山混太清泠泠多
古調應向子期鳴

銅雀研

臨池一弔古鴛瓦黯愁看刼
質疑龍尾流形並馬肝土花
青鐵潤石氣彩毫寒寂寞漳
河上興亡紀建安

邊城角

故〻墻烏止蕭〻塞馬悲戍
楼迎月夜哀角倚風吹刁斗
聲初寐星河影乍垂纔兜聞
慷慨何用姖吹篪

圍棋

黑白初分壘縱橫勢爭侵枰
閙虞算少子落連機深一劫
先爭角隻關欲擾心試看柯
爛未洞口日西沉

笛

長笛倚風橫関山傍月明穿
雲來鳳吹裂石起龍鳴楊柳
愁相向梅花怨未平樓頭人
不見半是斷腸聲

瀑布

白日懸虹影狂流走碧霄潛
蛟幽壑舞疋練衆山擺沫濺
鷺飛雨風迴激逆飈牙添蒼
嶼色急界赤城標

水簾

淅淅瀌岩岫紛紛掛樹叢接

珠聲歷亂曳練影玲瓏風入

蝦鬚細烟籠毳羽重碧棲仙

洞口未許一蓬通

度關

月冷曉霜清將軍鐵騎鳴青
牛占氣遠白雁度雲輕雪擁
孤臣淚繻留俠士名清時無
過客何處作雞聲

登塔

突兀勢凌空，憑虛似御風。神遊三界上，身出萬緣中。望覺星辰近，行雖霄漢通。登臨宜無限，大地入鴻濛。

橋

誰擅濟川功微茫一鑑通未秋先駕鵲不露忽垂虹影倒波心月濤翻洞口風石架霞氣近高度白雲中

燭花

落日平西嶺光迴寶炬然忽
驚花吐筆還訝火生蓮灼灼
煤含彩纖纖燼鎖烟寸心灰
未冷含淚向君前

紙帳梅花

瘦影落瑤箋橫斜帶雪懸寒
光流枕畔春色滿床前夢入
羅浮月神游庾嶺烟冰肌與
乱鬼常得伴君眠

夢

擾〻復營〻虛無境幾更蕉
邊鹿誰辨花底蝶初生彷彿
邯鄲道依稀天姥行百年同
一幻何待覺时驚

風箏

年少春城陌飛鳶剪紙趁風
中施彩線天外奏瑤箏唳鶴
淩蒼碧鳴鸞颺紫清鳴〻霄
漢上玉指度秦聲

雪獅

階下明殘雪堂前出狻猊来
堪羣獸懾一任小童嬉鐵額
粧銀就金眸嵌玉爲毬毧紅
日照消損舊威儀

鸚鵡

綠衣含慧質遥自隴山〻
語馴金屋窺粧舞鏡臺〻
才子賦五色美人盈襟昔
洲上寒〻去不回

螢

熠熠流金屋輝輝點翠屏入
花花撒彩度漢漢稜星影撲
羅紈素光窺汗史青江汀饒
夜色高下亂漁燈

蟬

澤國秋偏早蟬聲遍遠林露
零凄自吸風咽響遏沉蜕翼
臨高鬢驚綃入素琴漢宮聞
落葉哀怨曲中尋

鱸魚

忽憶滄江上鱸魚值暮秋思
深張翰膾切入左慈鈎巨口
潛春藻重腮躍碧流巖廊知
味少簪紱幾人授

病馬

駿足何為者寒嘶落照邊硎
思疲玉勒顧影怯金鞭垂耳
迎風峻懸蹄帶雪穿淒涼沙
苑暮曾憶九方憐

悼鸚鵡

羽化嗟靈慧嬌音忽悄然呼
名聲已寂誦佛語猶傳香稻
悲殘粒金籠悵獨懸頓抛閨
閤去誰復伴嬋娟

鶴

矯翮出塵氛，翩躚自不羣。書稱三島近，唳徹九天聞。碧海棲珠樹，青冥翥寶雲。手挈去復返，羽化入氤氳。

烏

爰止瞻烏烏啞啞偏飛埒搏風排陣急驚月繞枝鳴色奪雲鬟綠名留臺省清翱翻羲日影暮入楚琴聲

燕

相對語依然，空梁舊壘懸。去來常識主，飄泊感流年。翦翦裁花柳，[illegible]梭織霧烟。昭陽人不見，還向阿誰邊。

鴈

嘹嚦斷鴻聲霽人入夢驚鶯

花催壯度霜月候南征影畧

楚天色書傳漢使情尔来賓

上國知爲稻粱輕

上林春曉

禁樹欝葱々陽田上苑中柳絲含
霧緑花萼映霞紅曙色開黄道晴
暉朗碧空烟籠三殿迥日浴萬方
同戲藻魚方躍穿簾燕乍通幸逢
新歲月拜舞沐春風

走馬燈

躡影寂無聲輕揚隔楮明煇〻大宛
道赫〻薊門營熖遍旋逾急烟撩運
自輕似〻退還似〻逐相背復相迎展轉
疑田伏遲留豈按兵去程何夕定行
色斥时生馳驟心何遠騫騰勢若驚
世途多險隘惟尔太縱橫

鬥雞

紫陌芳塵淨朱欄春晝長高冠儀
鳳侶勁翮想鷹揚紀渻應全德賈
昌初入坊壯心同痛賁怒辟奮塘
蝍不分施金距生憎污錦裳雌雄
君莫較一晌少年場

[illegible]永圖譜〈[illegible]〉卷

十二

紙窗

護得疎櫺恰半尋紅塵隔斷小堂深手明拄笏便孤坐薄暮抽毫愜短吟片月恍臨椽秉燭輕風逗入似鳴琴獨憐宋子幽窗下寄有遺編照古今

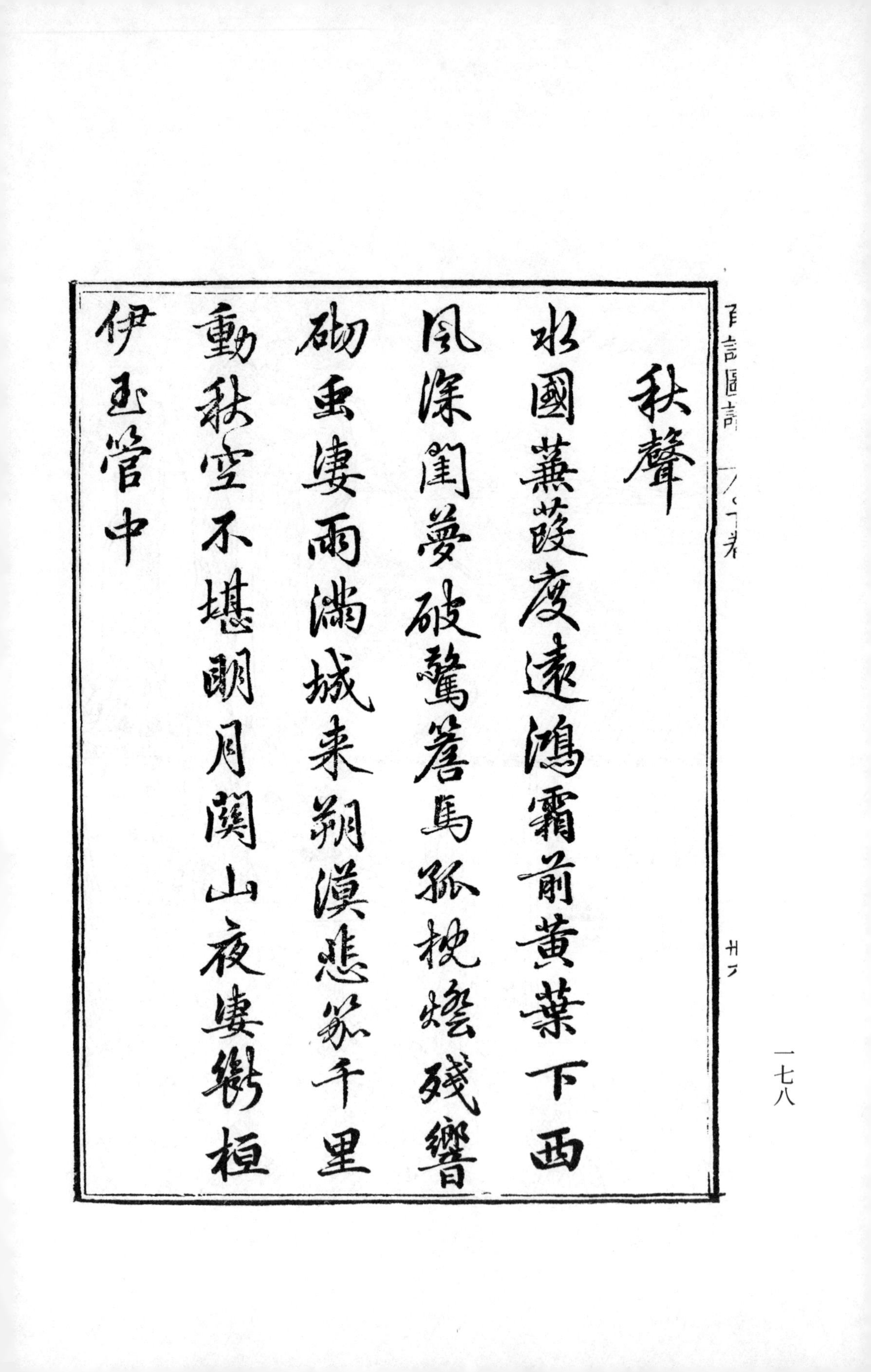

秋聲

水國蒹葭度遠鴻霜前黃葉下西
風深閨夢破驚簷馬孤枕燈殘響
砌蟲淒雨滿城來朔漠悲笳千里
動秋空不堪明月關山夜淒斷桓
伊玉管中

渡海僧

萬里鯨波一葦輕空笈半偈識無生雲依結蓋諸天近月作擎珠大海明飛錫遠隨靈鷲下散香時見毒龍迎由來彼岸渾無着舍筏何須更問程

從軍俠

一別金微向白狼縱橫無策勸君王關河北望雲千里尺素南來鴈幾行劍拂清萍生夜色衣傳紫塞勁秋霜蕭然未勒人猶壯肯信封侯事渺茫

残燭

绛蠟花殘夜漏沉，欲加金剪已生陰。似將紅淚君前落，落盡猶存一寸心。

其二

金燼含輝影乍低，忍看零落小窗西。刻殘已負題詩興，何待深閨伴夜啼。

禪石

突兀空山倚慧林
風霜千古碧苔丿
要知入定元無著
何異當年面壁心

芝石

片玉玲瓏結翠雲
好將齋閣伴蘭芬
可憐一種金莖秀
不似商山歌裡聞

鷺

静渚風微菡萏香
聯卷屬玉聚回塘
須臾遷羽乘風去
直向天池伴鳳凰

鵲

叢桂芬芳露氣清
枝頭靈鵲報新晴
授來金印何時化
填得銀河幾處平

不佞少無適俗之韻壯多長者之遊惣
意名山寄情柔翰園開蔣詡客招羊
何晚歎曼倩之陸沈自媿相如之執戟
再遊長安叨塵
使命邊頭明月笳吹流哀驛路皇華
羈栖戚嘆默以為身逢明盛不必奏
都護之章意懶逢迎聊可竊候時

之響乃隨物命詞偶成百首夫刻
畫象意非造化〻自然藻繪烟雲涤
英雄所不屑猥云投抉自識苦心昔
士衡連章積玉崔氏七葉雕龍不佞
筆匯菁華業悉先世弁州諸公游戲
三昧片言飛洒憤然自放逸少有言
東陽花果亦自可人不佞所賦遂初

歸臥菟裘長飧禪悅矣敢於此道

褰裳濡指矣

萬曆丙申如月花生日讓西居士

顧正誼識

掌花樓新詞跋

南詞以纏綿為最北調以嘹亮稱工各有當行非云浪作然北

調須煩纖指南詞雅

稱紅牙傑本吳儂不

語去曲讀仲方與詞之

金荃蘭畹間雲停

酒時嘯風謝月之句謂

可適於清喉霓裳仙

呂之音庶克諧乎妙律

故知大江東去蘊公來

兔葊直寄百歲光陰
寓之居然信矣庚
寅冬月王穉登題

筆花樓新聲題詞

詞家獨元人升堂沿及國朝則楊用脩祝允明庶幾攝齊廊廡若近代諸家非不有白雪聲然核古實則之才情工藻續則鮮本色非字懸千金貿富五車未易語此今仲方先生此詞皆從長安風沙烟塵中以綺語破愁思覊悅故片言

落人間賈者紙為貴歌兒舌為燥也昔人有云不恨我不見古人但恨古人不見我仲方之生也晚藉令馬東籬関漢卿諸名家與公角逐而赴詞壇未知鹿死誰手

楊繼禮

題筆花樓新聲

顧仲方先生以鵰龍繡虎之才入為鳳閣侍從長安諸薦紳咸束錦交先生片言尺楮往〻為寶時因杯酒間忽動鄉國之想迺請作江南春樂

府使一片燕塵頓豁而身游
於小桅弱柳隊中至於詠物
閨情各杼才韻繪擬所至生
氣湊合可以奪化工之權結
思人之沸蓋出其餘膏剩馥
便能鼓吹詞場遍傳千古譜

風流者舍仲方吾誰與歸吾
謂此曲當以司空圖松枝筆
李廷珪豹囊墨及薛濤五色
雲錦箋各書數通以佐花月
而又令緑珠雪兒蹀步綵障
後醉拍紫玉板唱之則一字

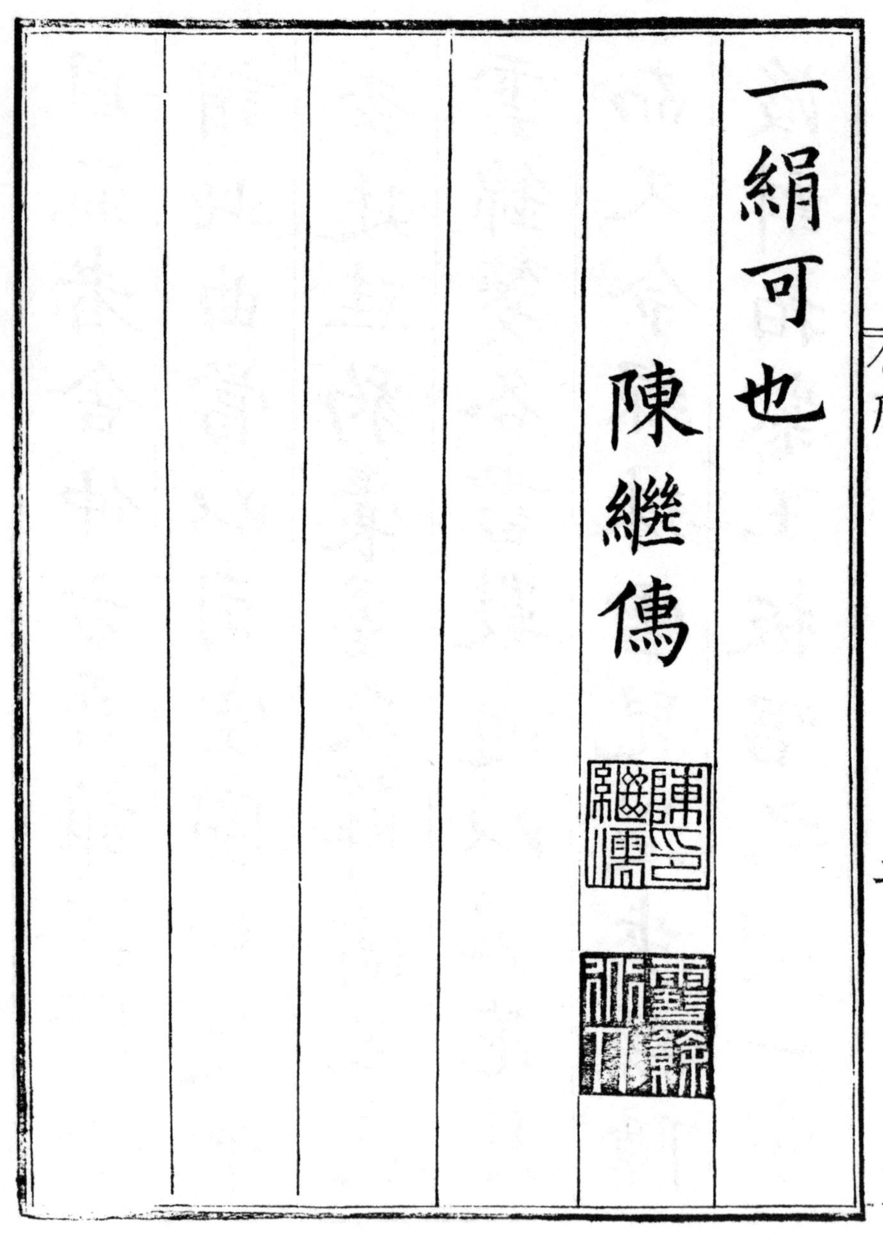

一絹可也
陳繼儁

顧仲方詠物新詞圖譜

目録

筆花樓新聲

五茸寶雲居士顧仲方甫

江南春

步步嬌

江南佳麗春無限物候經時換千門藹瑞烟燈彩流輝月光鋪練簫鼓正喧闐春風次第今方見

山坡羊

玉攢攢早梅開遍翠縧縧柳垂金線鬧冗
冗蝶使蜂媒聽聲聲花底新鶯囀春乍回
風光有萬千羅衣初試初試新紈扇院院
調笙家家排宴追歡在花間與酒間留連
在山間與水間

五更囀

淑氣催東風轉正繁華二月天青青草色
草色汀洲遍又見陌上遊人江頭飛燕踏

青時芳徑幽香泥軟東林有約有約尋春
伴正好挈榼提壺金尊頻勸

園林好

趂朝平行行畫船醉花陰紛紛管絃且
去尋芳覓豔花密處隱嬋娟花笑處見
嬋娟

江兒水

語似鶯簧脆嬌如細柳懸雅娉婷自小青

樓占意殷勤曾識春風面剖櫻唇低把新腔按一似羣玉山頭重見素手相攜笑指梵王宮殿

玉交枝

晝長人倦解春衫僧房借眠遠山晴色青如靛雨初收碧水連天好花斜插雲髻邊柳絲輕拂行人面這韶華還如去年這韶光依稀去年

玉胞肚

晴絲亂綰把遊人春心暗牽緑陰中羅綺紛紜萬花叢桃李爭妍芳郊行遍水村山郭酒旗懸細馬香衫總少年

玉山頹

凭高眺遠賦新詩還題錦箋墨淋漓揮灑珠璣走龍蛇飄拂雲煙清詞麗藻聊紀片時遊衍詩筒頻遞處翠微間賡和還酬白

雪篇

三學士

及時行樂昇平有緣休辜負日暖風恬烟
開柳陌人如蟻岸夾桃花酒似泉美景遨
遊須盡興好風光不用錢

解三醒

暮春時繁陰庭院見紫燕啣泥入繡簾今
夜裡重門深閉棃花雪芳沼內疊荷錢恠

東君收拾無邊景恐零落花枝人共憐歌聲遠問蘭橈何處已渡前川

川撥棹

四首春將盡正清和柳欲眠看撩風飛絮縈牽任撩風飛絮縈牽聽池塘蛙聲閙喧倦抛書午夢閒倦抛書午夢閒

嘉慶子

且點檢琴書過小園又見嫩竹抽稍透短

垣畫欄杆曲曲盤旋小亭臺處處幽閑新茗初妝煑惠泉命重鋪歌舞筵命重鋪歌舞筵

僥僥令

小童歌嫋嫋嬌妓舞翩翩美酒新䣜珎珠濺飲到漏沉沉人未眠

尾

莫將春事成虛幻怕迅速春光飛電休把

春心托杜鵑

詠梔花

素帶兒

東風軟正露井花開二月天含欲咲好似
去年相見緋緋爛欲燃問紅淺紅深誰後
先情還戀玄都觀裏武陵溪畔

昇平樂

穠艷酣容醉目領韶華多少麗景無邊迷
津引渡賺漁郎悞入仙源情牽游絲縈辦

綺窗前惹幾處閨情宮怨河陽滿縣更西池有種花實三千

素帶兒

夭夭色 鮮嬌癡可憐崔郎見還應了花下良緣霞觴洞口傳問若箇栽培雲漢邊經時換春容漸入舞裙歌扇

昇平樂

無言顛風弄雨惟紛紛逐水鉛華虛幻胭

脂狼籍竟冷落柳條金線愁添遊人蹂踐
落花邊都付與壘巢新燕紅飄紛墮還驚
扶上玉人嬌面
尾
滄江浪暖魚龍變憁憔悴五更人怨只剩
秦淮渡口船

詠芙蓉

白練序

涼飆送見一種奇葩落鏡中嬌似面還怯
夜来霜重盈盈隔水紅帳欲採無由望轉
濃輕風動赤城霞起錦江波弄

昇平樂

匆匆池蓮易歇羨嬌姿吐艷瓣染新紅白
蘋江上伴冉楓紅蓼含態無窮忡忡緘愁

脉脉怨東風景凄其風光誰共繁華如夢

但朱顏無改粧點秋容

白練序

花開穿寘紅酣酣睡容臨流處似酡顏西

子醉倚紗籠紛華鬪綺叢訝帳底芳菲奪

化工新承寵繡床褥隱畫屏清供

昇平樂

臨風翩躚弄影似江皋神女閬苑飛瓊研

腈競粉都錯認武陵仙洞玲瓏溶溶秋水
醮芳叢態輕盈襪淩波動黄花相映秋来
不負主人題詠

尾

池頭一夜西風送月白江天霜氣濃誰駐
枝頭此日紅

詠竹

白練序

湘雲捲見萬頃琅玕接遠天斑未滅淚染二妃離怨亭亭鳳尾懸幾傲雪淩霜宿霧烟誰為伴壽陽額上秦封頂畔

昇平樂

娟娟空堦掃影引清風一榻入戶穿簾蒼梧迢遞翠模糊一望橑兩橑烟幽間翛翛

日暮倚嬋娟青鎖黛半侵花靨綠窻低掩
聽聲敲碎玉清夢泠然

白練序

蕭蕭萬玉寒猗猗渭川題刻處還惆悵陳
迹依然風來幽韻傳似環珮魂歸明月間
塵氛遠緱山鳳去葛陂龍幻

昇平樂

淇園香泥迸處漸籜龍初褪粉痕纔見停

鸞棲鳳都占却幽亭別院當年七賢沉醉
湯留連任風流酒杯詩卷清陰不改歲寒
肯似世情翻變

尾

主人不問看須遍爲此君虛心貞幹高節
清風幾歲年

詠歌

二郎神

傷春否訝何處鶯聲入畫樓竜欲斷綺窻
人已瘦清音宛轉早把春心泄漏字字相
思句句愁嬌送處香生素口合難消受果
然是領人間萬種風流

前腔

清謳豔飛霞捲浪翻花潘覷檀板輕將纖

玉手聽嚶嚶林外匹鳥相求滚滚春江不斷流圓活處璣旋珠走合前

集賢賓

新腔縷縷翻舊愁惹春恨悠悠一似風絮晴絲縈弱柳斷仍連欲駐還游雲窓月牖知勾引幾人情竇合重命酒須伴畫漢宫清漏

前腔

桃花扇底温且柔喚多少閑愁冉冉輕雲
行楚岫聲乍遏去也還留梁塵湯浮數不
盡一春花柳 合前

黃鶯兒

低按小梁州韻悠揚調轉幽泠泠水面波
文皺鶯啼燕愁花落水流霏霏玉屑飄衫
袖 合 囀轉纖喉周郎一顧含笑却回頭

前腔

哽咽似悲秋吐蚕絲竟未休婉如花底笙簧奏櫻唇謗剖蘭氣暗浮尊前白苧消清晝 合前

猫兒墜

移宮換徵瀟灑更清幽消晝春来萬斛愁吴綾欲贈未能酬 合 綢繆還須向鳳幄鴛幃翠館紅樓

前腔

餘音嫋嫋天際暮雲收月落空梁只未休
何戡還在唱伊州合前

尾

四時子夜君知否白雪陽春且和酬莫唱
驪駒愴別愁

詠舞

二郎神

粧成否盼何處多情燕子樓纖束素小蠻腰已就笙歌催上似嬝娜欲眠宮柳脉脉春心黯自羞呈皓腕乍分雙袖合雲裳緲羨輕盈瀟灑温柔

前腔

凝眸錦裀花襟驪珠盤走正蕩漾春容峰

蝶逗訝鸞翔鳳舉霞捲雲收波送清江一片秋撩亂處玉纖紅瘦 合前

集賢賓

翩躚花底鶯燕儔更鳶翅横秋一似辮落氍毹蓮影瘦徉欲去輕挽雙鈎香塵謾蹀須品第玉人先後 合 殘紅濯休寡寞畫堂清晝

前腔

裙拖六幅湘水流恰艷逐香浮見滿座輕風生腋肘驚鴻驟宛若龍游雲行雨收何處是陽臺楚岫合前

黃鶯兒

步步恊清謳亂飛花雲錦浮珮環聲雜宮商奏流風前後迴雲去留等閑鬆却芙蓉扣合倒金甌畫樓楊柳顧影月如鈎

前腔

斜墮玉搔頭按霓裳態轉幽微微粉汗蘭
襟透飛飛鴛偶窄窄鳳頭遠山低拂雙蛾
皺合前

猫兒墜

迴旋掌上婉戀更綢繆雙袖郎當怯未休
羽衣常伴廣寒遊合堪酬還須擲玳瑁筵
前宫錦纏頭

前腔

趙家飛燕千古話風流只剩昭陽一段愁

翠盤已矣復何求 合前

尾

成行肯惜千金否且追歡還娛白首休留

與他人作翫遊

春景閨情

金索掛梧桐

花邊艷綺羅花下調鸚鵡細雨黃昏深院重門鎖青鸞鏡裏孤悔當初一別經年離恨多玉容憔悴梨花褪翠黛攏殘楊柳踈將奴悞把從前恩愛一似夢南柯想那人話在心窩悶得我病在心窩草迷了王孫路

夏景閨情

前腔

樓臺浸碧波槐影移青瑣池館清幽燕子穿簾過愁添泪轉多濕香羅扇底空傳白苧歌風来水面凉如許雨過空庭暑漸無休辜負更闌人静珠濺夜舒荷我這裡消息全無他那裡信息全無柳遮了章臺路

秋景閨情

前腔

秋山淡翠蛾暗縐縈朱户四壁蛩吟敗葉堦前墮深閨寂寞人夜如何滿院天香桂影疎幾迴望月圓如鏡不覺流年疾似梭和衣卧瞢然驚起何處鴈聲孤空限着天外長河天上銀河雲障了關山路

冬景閨情

前腔

霜風葉滿途歲月嗟遲暮有箇人兒斜倚

薰籠坐沉吟伴短檠數銅壺涓比樵樓漏

更多繡床寂寞香仍在翠被凄涼枕又孤

今宵過明朝相憶却問又如何害得人病

染沉痾悶殺人命掩沉痾雪擁了藍關路

春景閨情

桂枝香

雲盤螺髻烟籠翡翠縧羅初綰同心瓜葛乍牽連理柰仙郎遠別仙郎遠別釵分鳳侶紅消鏡裡費相思羞對青鸞影空吟冊

鳳辭

看花早起惜花無主誰憐人面如花人面似花能語想墻外碧梔墻外碧梔和那人

兒相倚臉勻花媚謗嗟吁去年人在花相
笑今日花開人去矣
柳絲堪繫草裀堪甚愁攢翠黛烟輕舞約
嬌枝風細想當年飛燕當年飛燕昭陽殿
裡翩躚舞袂欲凌虛只恐憔悴顰蛾翠瀟
疎楊柳枝
携裾挈袂尋芳拾翠金蓮怕蹴雙頭玉笋
懶攀同蒂柰春色漸闌春色漸闌花飛香

雨草堆烟砌暮春時輕風吹瓣鋪如錦細雨摧殘踏作泥

新詞圖譜
十三

夏景閨情

桂枝香

繡幃曉起沉吟不語翠蛾淡鎖慵描青鏡雲鬟羞理漸新竹透林新竹透林覆雲翻兩教我孤房獨處泪如珠暗牖縈蛛網空梁落燕泥

歌殘金縷麈揮玉麈晝長寂寂如年人去迢迢千里無由見他無由見他獨坐小窓

無語繡床徙倚夢魂飛正向遼西去鶯聲
又喚歸
曲欄人倚雕梁燕語困來簟展湘波夢覺
斂歛雲鬟長日又斜長日又斜忽聽輕雷
送雨頓消煩暑謗躊躇試掩青團扇偏宜
絺綌衣
碧天如洗晴霞結綺石床冰簟清風修竹
高梧涼雨幽花夜芳幽花夜芳雅稱

襟蕙夜闌無寐暫徘徊坐待三更月霏微
露濕衣

秋景閨情

桂枝香

風擦鈿翠霧團環珮情深紈扇班姬愁絕藁砧姜女似幽鶴唳空幽鶴唳空思歸別侶誰調綠綺那相如嘹亮求凰調文君志肯移

廣寒天際蕊珠宮裡秋槐葉落誰憐夜雨梧飄無主正天孫渡河天孫渡河夜迢私

語顛爲連理少人知鈿合金釵在休忘鳴
咽辭
涼生羅綺聲長砧杵愁撩桂子西風泪滴
芭蕉夜雨追憶那人追憶那人音沉雙鯉
影分鴛侶月光舒懶向蟾宮去孤眠學羿
妻
風前白苧雨中黄樹魂銷無定河邊猶入
深閨夢裡恨三秋遠别三秋遠别那更玉

關千里十年征戍憶遼西寂寞盧家婦流

黃月照時

冬景閨情

桂枝香

飄花舞絮穿簾堆砌却憐遍地瓊瑤恰與
玉容相對愛梅花晚芳梅花晚芳影斜香
細花殊有意待郎歸歲歲憑君寄枝枝向
妾幃
蕙蘭襟袂沉檀衾被簷敲鐵馬風迎茗試
竹爐湯沸伴燈殘漏永燈殘漏永妾幃孤

慶君途千里兩無依剩有穿窓月多情帳
裡窺
霜飛月墜花飄玉碎清宵孤枕無眠紅日
三竿還睡喜陽和乍回陽和乍回陰長寸
晷愁添線縷嘆離居回首音塵遠流光過
隙駒
君身迢遞妻容憔悴霜威冷入旅蘇淚滴
氷凝玉筯嗟歲月易凋歲月易凋萬千離

緒魚来鴈去杳無書昨日逢新臘明朝又
歲除

ISBN 978-7-5010-6143-3

定價：90.00圓